나무에 걸린 말풍선

나무에 걸린 말풍선

글 김세희
그림 김예나, 최지후, 최유성

다흠북스

동시집을 내며

손자녀의 동시집을 낼 생각은 꿈도 꾸지 않았었다.

내 아이들이 어렸을 때 일기장을 엮어 볼까하는 생각은 해 봤지만, 꿈을 이루지 못했다. 사는데 바빠서 늘 뒷전이었고 아이들도 커버려서 그 꿈도 흐지부지 됐지만 늘 아쉬웠다.

그런데 뜻하지 않게 손녀가 내게 맡겨지고 딸에게 쌍둥이가 생겨서 그만 아가들 속에 푹 빠지고 말았다. 몇 년을 그렇게 살았다. 모든 조부모들이 그렇겠지만 자신의 아이보다 훨씬 더 귀엽고 새로웠다. 바쁜 부모가 해주지 못한 따스한 사랑을 해주려고 노력했다. 그 따스함이 아이의 가슴에도 온기로 남아 따뜻한 인간성을 지닌 사람으로 커주기를 바랐다.

유아들은 어른들이 생각하지 못하는 낯선 말들을 곧잘 했다. 그냥 버리기 너무 아까운 말들, 나는 세 아이들이 하는 말을 엮어 동시집을 내볼까 하는 생각이 들었다. 유아 때부터 몇 자씩 기록해 두었다. 초등학교에 가자, 방학 때는 세 명이 한꺼번에 모일 때가 있었다. 그때 그림도 그리게 하고, 시 비슷한 것도 쓰게 했다. 숙제였다면 싫었을지도 모르겠다. 즐거운 마음으로, 그러나 제 딴에는 깊이 생각해서 쓴 글들이다.

이 동시를 다른 조부모나 부모들도 볼 기회가 있다면 한 번쯤 해보는 것도 괜찮겠다. 몇 편 모자라는 공간은 내가 아주 어린 시절을 떠올리며 채웠다. 그 또한 즐거운 시간이었다.

이제 중학교에 가면 할머니도 찾지 않을 것이다.

아주 훗날, 세 명 모두 성인이 되었을 때, 이 어린 날의 동시집을 보며 잠시 즐거움에 잠겨 보는 것도 좋으리라.

2023년 6월

김 세 희

|차례|

제3부

제1부

나무는 내 친구

나무는 내 친구
내가 모른 척해도
언제나 팔을 높이 들고 손을 흔든다

바람은 개구쟁이 내 친구
내가 저만치 나타나면 나무에게
손 흔들라고 시키고 자기는
내 머리를 마구 쓰다듬고 지나간다

라떼는 말이야

라떼는 말이야
나 때는 말이야
모든 사람이 마스크를 쓰고 다녔어

학교 갈 때도 마스크
학원 갈 때도 마스크

숨 쉬기도 힘들었어
너무 답답했지
벗어버리고 싶었어

라떼는 말이야
놀이터에서도
교실에서도

모두 써야 했어

라떼는 말이야
지구촌 모두가 그랬어

라떼는 말이야
마스크 없이 숨 쉬는 날만
기다리고 살았어

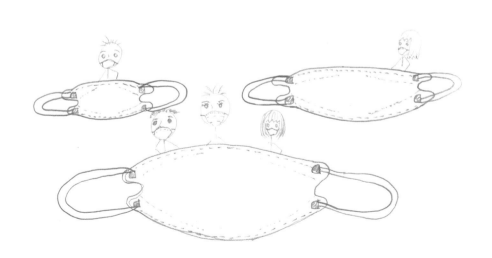

고양이

날씨가 더워서 땀이 나요
나는 짧은 옷을 입었어요

우리 고양이 담비는 늘
하얀 털옷 한 벌로
봄 여름 가을겨울을 지내요

갈아입을 수가 없어요

여름에 털옷을 벗지 못하는
고양이는
얼마나 더울까요?

어려운 질문

엄마와 아빠가 물었어요

아빠가 좋아?
엄마가 좋아?

둘 다 좋아

엄마가 더 좋지?

둘 다 좋아

눈이 노래해요

간밤에 노크도 없이 눈이 왔어요

우리는 신나서 눈길을 걸어요

발자국이 자꾸 우리를 따라와요

뽀드득뽀드득
뭐라고 말 하는지 들어봐요

뽀드득뽀드득
같이 놀재요

뽀드득뽀드득
발자국 사진을 찍어 준대요

뽀득뽀득 뽀드득
같이 노래 하재요

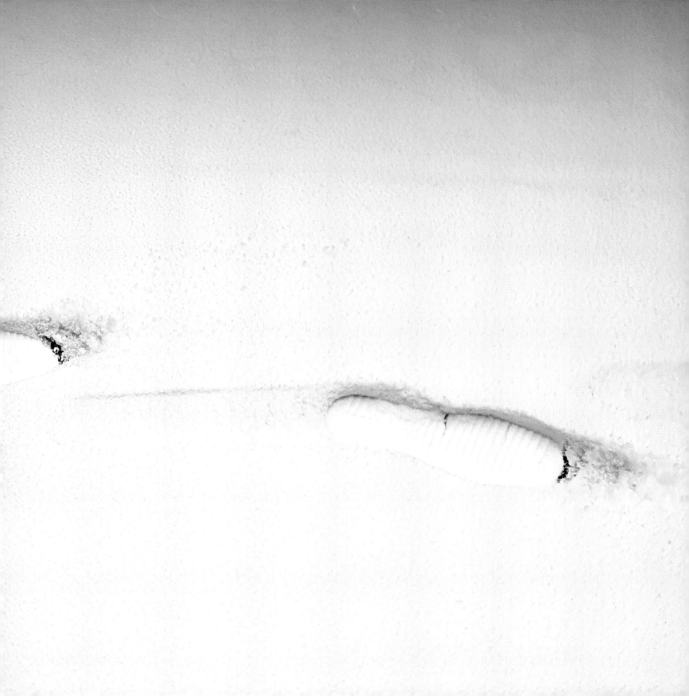

물수제비

수제비 같이 납작한 돌을 골라

냇물에 던지자

한 번 두 번…

뽕뽕 물을 튕기며 뛰어간다

수제비 같은 돌이 물위를 수제비 뜨며 날아간다

그래서 물수제비라고 하나봐

나란히 나란히

하나 둘 셋

빗방울이 유리창에 줄을 섭니다

미끄럼을 탑니다

도르륵

풀잎 위에도

동글동글

또르르 굴러갑니다

구름 속에 뒹굴뒹굴 구르다가

툭툭

우산위에 부딪혀

데굴데굴

냇가로 굴러가서

여행을 떠납니다

말의 씨앗

콩 심은데 콩 나오고
팥 심은데 팥 나와요

말씨는 심으면
무엇이 나올까요?

참말, 거짓말, 정말
가지마다 주렁주렁
열릴지도 몰라요

덕수궁엔 공주님이 없었다

임금님이 살던 궁전에
할머니와
공주님을 보러 갔다

방안을 들여다보니
왕과 왕비 공주님의
사진이 있었다

- 할머니 공주님은 어디 갔어?
- 응, 저 공주님은
조선시대에 살던 덕혜옹주인데
지금은 없어
- 그럼 왕비님은?
- 왕비님도 가셨어

- 어디로?
- 모두 하늘나라로 갔지
- 아잉, 난 공주님이 보고 싶어서
왔는데….

밤

밤은 소리 없는 자장가예요

숲도 재우고

새도 재우고

나도 재워요

두 개의 시계

시계는 똑딱똑딱

집에 있는 시계는
한 시간도 10분처럼
금방 지나가요

시계는 똑딱똑딱

학교의 시계는
10분도 한 시간처럼
시간이 안 가요

왜 그럴까요?

봄 하늘에 둥둥

민들레 홀씨 둥둥 꽃가루 둥둥
황사 둥둥 구름 둥둥
나도 둥둥

오월에는 모두 날개가 달려요
흔들리며 떠다니는
씨앗의 낙하산
흔들리며, 흔들리며
어디로 가나요

봄날은 둥둥

봄날은 둥둥

세수하기

나는 날마다 세수를 해요

밖에서 놀다 오면

손으로 깨끗이 얼굴을 씻어요

그런데 아파트는

자기 손으로 안 씻어요

비가 오는 날만 세수해요

가만히 서 있어도

비가 와서 깨끗이 씻어주어요

가을

가을에는 숲이
노래하고 싶은가 봐요
우수수우수수수

가을에는 숲이 편지를 쓰고 싶은가 봐요
지나가는 내 발치에
편지를
후두둑 투두둑

가을에는 나뭇잎이 쓸쓸한가 봐요
내 발치에 다가와 속삭여요
바삭바삭 바사삭

제2부

풍선

놀이동산에 갔더니

풍선이 하늘로 둥둥 떠다닌다

아이들이 풍선을 따라 동동동 쫓아간다

나도 나비만큼 작아져서

풍선처럼 둥둥

같이 날아보고 싶다

폭죽놀이

팡.

팡 팡..

팡 팡 팡...

팝콘이 상자 속에서

폭죽놀이를 한다

하얀 팝콘이 열 배로 늘어나

렌지 밖으로 쏟아져 나온다

고추는 너무 매워

아빠가 고추를 아삭아삭

맛있어 보여

나도 아삭

한입 가득 매운 맛

온 몸에 불덩어리가

들어온 것 같아

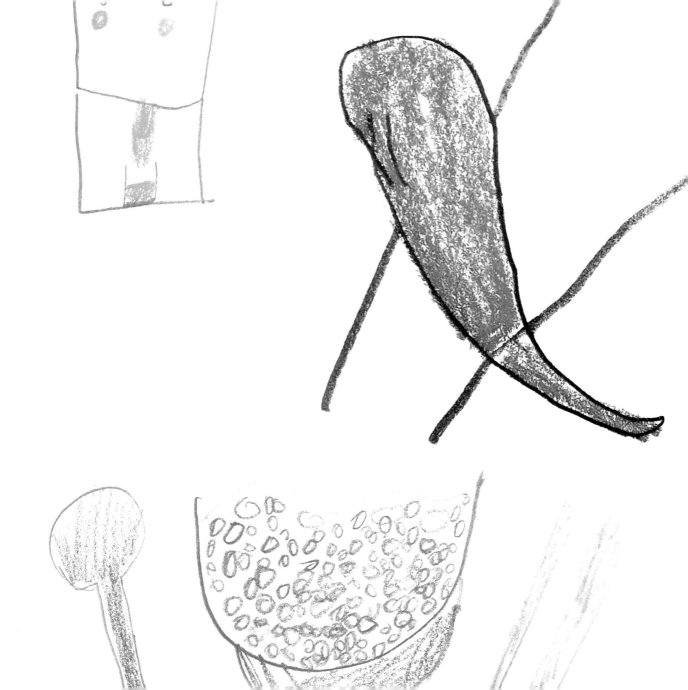

두더지 게임

500원을 넣고 두더지 게임을 했다

0점을 맞았다

친구가 말했다

싫어하는 사람을 생각하면서 하면 잘 된다고

그렇게 했다

정말 100점을 맞았다!!

세상에! 하자마자

유리 상자 속에 인형이 가득 들었어요
난 오백 원을 넣고 집게로 인형을 집었어요
떨어지지 않고 터널 속으로 쏙~

세상에!
하자마자 인형을 뽑았어요
깜짝 놀랐어요

난 인형을 만지며
공부도 이렇게 머리에 쏙 들어갔으면
참 좋겠다고 생각했어요

하품

고양이가 하품을 한다

아빠가 하품을 한다

형도 하품을 한다

엄마가 말했다

공부 안 해?

나도 하품이 나왔다

인형 뽑기

팽하~

팽수가 갖고 싶어서

인형뽑기 기계에 오백 원을 넣었다

몇 번을 넣어도 안 뽑힌다

지갑이 텅 비었다

아, 내 돈

정말 아까워

할머니가 주는 돈은

아깝지 않았는데

내 돈은 왜 아까운지 모르겠다

엄마 녹음기

너 학교 안 가니?

빨리 일어나 씻어야지

매일 매일 똑같은 소리

엄마는 녹음기가 되었다

아빠의 코고는 소리

아빠가 잠잘 때는

처음 불어보는 플루트처럼

피픽 피익.. 큭큭.. 푸푸~

코에 휴지를 붙였더니 휴지가 휙 날아간다

고장 난 플루트 소리가

방안에 가득하다

밥

아이 배고파
뱃속이 텅 빈 것 같아
힘이 빠진다

내 강아지 핸드폰도
배가 고픈지
화면이 켜지지 않는다

나는 밥을 먹고
내 강아지도 충전을 했더니
반짝
눈을 뜬다

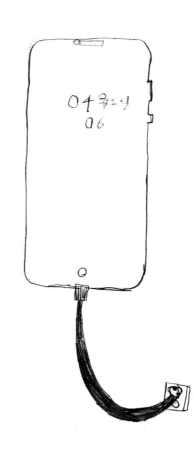

코로나19

코로나19 때문에
밖에 나가 놀지 못했다

학교도 가끔 나갔다

갇혀서 지내다가
어느 날 거울을 보고 놀랐다

나는 방안에 돼지 한 마리를
키웠나 보다

쌍둥이

싹이 틀 때부터

동이 틀 때부터

붙어살았던 너와 나

나 같은 너

너 같은 나

이름을 불러주세요

"쌍둥이!"
할머니가 불렀어요

그런데 누군지 잘 몰라요
한꺼번에 부르잖아요
우리도 이름을 불러주세요
장갑도 젓가락도 신발도
똑같이 생겼는데
쌍둥이라고 안 부르잖아요

'그럼 도토리도 이름이 있니?
똑 같은 건 모두 이름이 같잖아
도토리라고'

"할머니는 다 비슷하게 보이죠?
초록 신호등을 파란불이라고 하니까
우리를 그렇게 부르는 거예요"

'그래, 그렇다 치자
쪼꼬만한 것이 엄청 따지네
미안해, 다음부터 이름 부를게
됐지?'

내 생일

왔어왔어 친구들이 왔어

우리 집에 친구들이 왔어

말했어 애들이

생일 축하해

왔어왔어 따라왔어

주민이가 빈손으로 따라왔어

친구들이 반갑지 않게

너도 왔~어?

그때 주민이가 일어나

불렀어 노래를 불렀어

⟨What is Love⟩를 불렀어

내가 좋아하는 노래

어떻게 알았니 어떻게 알았니

친구들이 웃었어 킥킥 웃었어

주민이가 얼굴이 발갛게 달아올랐어

끝까지 불렀어 멋지게 불렀어

갑자기 친구들이 소리치며 일어났어

대박! 대박!

박수를 쳤어 나도 쳤어

친구들이 나를 보았어 부러운 눈빛으로

말했어 웃으며 말했어

우리 생일에도 노래 불러 줄 거지?

야, 야, 야, 뭐야, 모야?

너 이렇게 노래 잘 했었어?

놀랬잖아 너 땜에

놀랬잖아

찬바람

찬바람이 불어요

바람이 나무보고 고개를 숙이라는 신호예요

수수수

나뭇잎이 한쪽으로 모두 엎드려요

바람 앞에서는

머리 하얀 할머니 억새도 착하게 엎드려요

빨리 숙제해야지~

엄마 입에서도 찬바람이 불어요

나도 착하게 엎드려 숙제해요

흥! 칫! 뿡!이야

우리 예쁜 고양이 사 왔다아?
친구가 자랑했어요

흥!
나도 엄마한테 더 예쁜 고양이
사달라고 할거야

엄마 우리 놀이공원에 가요
며칠 전 약속했잖아요

그래!
언제 놀이공원에 한 번 가야지
칫!
그 언제가 언제야?

엄마는 동생이
'응애' 울면
동생만 돌봐요

나는 그림 그리다가 그냥 혼자 자요
칫! 흥! 칫! 뿡! 이야

제3부

신기한 야채

고추는 크면서
색깔이 달라져요

어렸을 땐 초록색
다 자라면 빨간색

초록 속엔 하얀 씨
빨강 속엔 노란 씨

정말 신기한 야채예요

나는 노란 쥬스를 마시나
빨간 사과를 먹으나
늘 같은 얼굴이에요

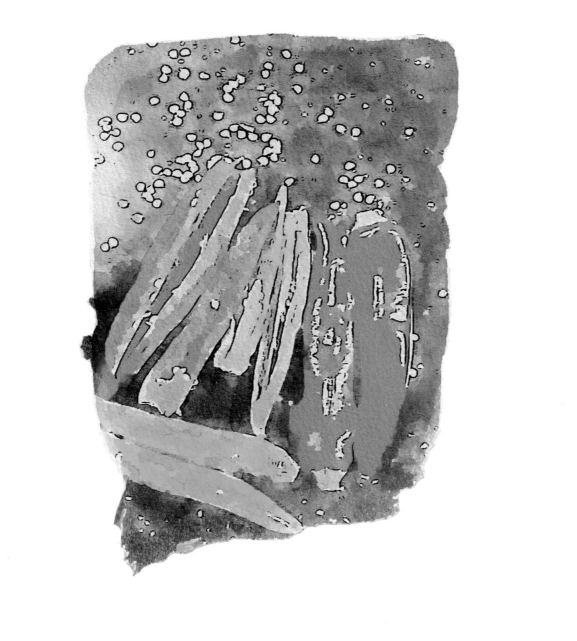

숟가락과 젓가락

숟가락과 젓가락은 늘
같은 곳에 같이 다니고
같은 일을 해요

순서도 잘 지켜요
터널 같은 입속으로 들어갈 때
절대 둘이 같이 들어가지는 않아요

같이 다녀서 쌍둥이 같지만
생긴 모습은 하나도 안 닮았어요
그래도 둘은 제일 친해요

엄마 잔소리

맴맴맴…
드디어 여름방학
나는 놀아야지, 엄마는
숙제를 다 하고 놀아야지?

맴맴…… 매미는 늘 같은 소리로 노래해
엄마도 매일 같은 말만 해

숙제가 틀렸다고
다시해도 틀렸다고
하루도 빠짐없이 같은 말

이제 매미소리도 쉬고 있는데
엄마 잔소리는 하루도 쉬지 않아
나도 쉴 시간이 없네

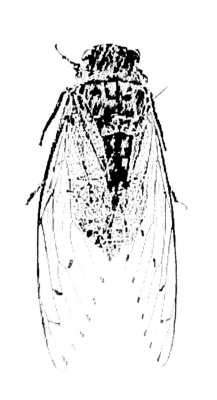

아기 손 단풍

아기 손 단풍잎이
빨갛게 물들었어요

바람이 아기 손 단풍을 불러요

단풍잎이 한들한들 손 흔들며
땅으로 내려와요
바람이 더 세게 불어요

단풍이 후루룩 한꺼번에 떨어져
바람과 함께 우루루 몰려가요

겨울여행을 떠나려나 봐요

코로나 지옥

코로나 19 때문에
매일 집에만 갇혀 지냈다

책상에서 침대
침대에서 식탁
식탁에서 TV
TV 앞에서 화장실

어느 날 화장실 거울 앞에
웬 낯선 아이가 서 있었다

해님과 해바라기

해바라기는
온종일 해를 쳐다봐요

거울을 보는 걸까요?

아니면 똑같이 닮은
아빠를 보는 걸까요?

비둘기의 신발

바람 불고 몹시 추워요
냇물도 꽁꽁 얼었어요

참새가 날아 다녀요
비둘기는 맨발로 다녀요
까치도 맨발이에요

엄마, 고마워요 나에게
양말과 신발을 신을 수 있게
해주셔서 정말 고마워요

나도 옛날에

태어난 지 두 달 된 지유가
할머니 댁에 왔다
너무나 조그맣고 예쁜 인형 같은 아기

가족들이 모두 아기만 쳐다보았다

아아,
나도 옛날엔 아기였다

김지유

태어난지 2달

4ㅅ 옛날에 아기였다 ㅎㅎ

하느님 집은 어디 있어?

할머니랑 엄마랑 아빠랑 비행기를 탔어요
비행기가 윙 하늘로 날아올라 갔어요
구름도 비행기 밑에 있었어요

"와! 이제 하늘이다, 할머니 하느님 집은 어디 있어?"
"응? 하느님 집?"
"하느님 집은 사람 눈에 안 보여"
"아잉, 나 하느님 집
보려고 창가에 앉았는데"

눈사람

눈이 날려요

하얀 눈이 펄펄 날려요

온 하늘이 눈송이로 펄펄 끓어요

나는 눈사람을 만들어요

내가 만든 눈사람은

겨울에만 살아 있어요

눈

하늘을 날고 싶은 꿈이
눈이 되었나 봐요
눈 닿는 데 어디든
하얀 날개가 되어 날아요

지붕위에 나뭇가지에
소복이 앉아
어디로 날아볼까 하다가
새처럼 포르르
날개처럼 한들한들
꽃잎처럼 하르르

변덕꾸러기

물은 변신을 잘해요

살며시 올라간 물은
비가 되어 내려오고요

겨울엔
하얀 날개를 달고 내려와요

봄에는 아지랑이가 되어
아롱아롱 올라가요

올라갔다
내려갔다

변덕꾸러기예요

단풍나무

단풍나무가 오늘 아침

열이 나고 아픈가 봐요 뺨이 발갛게 물들었어요

잎이 막 떨어져요

열이 나면 엄마도 내 옷을 벗겨요

나무도 열을 식히려고 옷을 벗나 봐요

"아이 추워, 아파"

잎이 다 떨어진 나무가 추운 가 봐요

보고 있는 나도 추워요

고양이 손가락

내 손가락은 다섯 개예요

아빠 손가락

엄마 손가락

내 손가락

쌍둥이 형 손가락

하나가 남아요

엄마가 고양이를 사왔어요

마지막 새끼손가락은

고양이 손가락 할래요

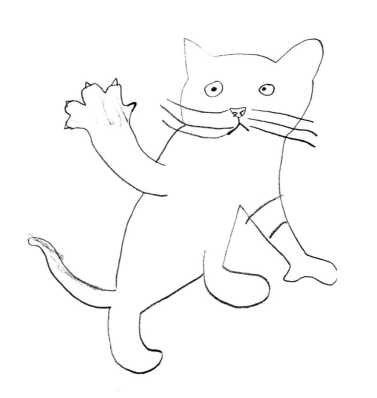

참새와 비둘기

참새와 비둘기가
사이좋게 종종종
내 발자국에 놀라
포르릉

내려올 때 보니
다시 모여 종종종
사이좋게 먹다가
내 발자국 소리에
포르릉

나는 쌍둥이
나와 똑같이 생긴
또 하나의 나와
날마다 승부사

비둘기와 참새는
닮지도 않았고
종류도 달라
그래도
싸우지 않아
나는 정말 놀랐어

제4부

변덕스런 사랑

너를 못 보면 궁금해

만나면 정말 반가워

같이 놀 때면 온몸이 파짐치야

가고나면 날아갈 듯 시원해

하지만 다시

샘물처럼 고이는

사랑스런 너의 모습

방귀쟁이 할머니

뽀옹

할머니 뱃속엔

도둑방귀들이 우글거리나봐

할머니가 잠든 뒤

밤에만 살며시 나오는 거 보면

내일 놀려줘야겠다

할머니 뱃속에

풍금이 들어있다고

쥐똥나무

쥐도 싫고
똥도 싫어요
나보고 이름을 지으라면
무작정 짓지는 않았을 거예요
쥐똥나무라니요

구청 앞 건널목에
향기가 났어요
가만히 돌아보니
조로롱 열린 하이얀 꽃이 아주 예뻐요
할머니께 이름을 물었더니

쥐
똥
나
무
라고 해서 깜짝 놀랐어요
이름만 듣고 쥐똥같이 생겼겠지
그렇게 상상하면 안 될 것 같아요

똥강아지

할머니는 나보고
우리 똥강아지래요

나 똥강아지 아니라고 말해도
다음 주에 만나면 또
우리 똥강아지래요

돈 모아서 할머니께
강아지 한 마리 사 준다고 했더니
강아지 똥이 싫다고
안 키운대요

할머니의 수수께끼

할머니가 수수께끼를 냈어요

소금과 황금과 지금
이 세 가지 중에 제일 소중한 것은 뭐어게?

나와 쌍둥이는
금이요! 금!

땡!
소중하다 그랬다?

그럼 소금이요
땡!

지금이지

왜요? 왜?

과거보다 미래보다
지금 이 순간이 가장 소중해
지금을 잘 살아야 아름다운 미래도 있는 거야

정말 아무리 생각해도 모를 답을 해주셨어요

민들레홀씨의 전설

민들레 홀씨가 모두
하늘을 쳐다보고 있어요
바람이 불자 하나 둘, 날개 달고 날아가요
어젯밤
하얀 머리 민들레가 훨훨 날아가는
민들레 씨앗의 전설을 들었어요
노아의 대홍수 때
땅에서 발이 빠지지 않아
도망을 못 갔는데 두려움에 떨다가
머리가 하얗게 세어 버렸고
살려달라고 기도했더니 가엾게 여긴 하나님이
하얀 머리칼 같은 씨앗을 바람에 날려
멀리 산중턱 양지에 닿게 해 살 수 있었대요
그 뒤부터 민들레가 감사하는 마음으로 하늘을 우러러
쳐다보고 살게 되었다고 해요

멋진 똥

할머니는 강아지가 아무데나
똥 싼다고
싫대요

고양이는 모래화장실 만들어주면
거기서만 똥 싼다고
조금 이쁘대요

할머니가 멋지다는 똥도 있어요
별똥이래요
별똥별이 하늘을 날아 갈 때
얘, 별똥 좀 봐
너무 멋지지 않니? 했어요

첫돌아기 어린이집 체험기

첫 돌 지난 아기가 어린이집에 갔어요
또래의 아기들이 놀고 있었어요
응아~ 싫어 싫어 함머니이~
어린이집 선생이
예쁜 물고기 어항 앞에 데리고 가 잠시 눈을 돌릴 때
할머니는 살짝 갔어요
첫날엔 한 시 그 다음 날엔 세 시
아기도 시간을 알까요?
어느 날
여섯 시에 데리러 갔더니 아기가 다른 방으로
통통통 들어가 버리네요
나중에야 알았어요 늦어서 삐쳤다는 것을요
겨울의 여섯 시는 어두웠어요
아직 말을 제대로 못하는
아기가 등에 업혀서 끙끙댔어요
어디가 아픈가 싶어서 내려놓고
왜 그러냐고 물었어요

아기는 자기 손으로 머리를 툭툭 치며
어린이집을 손으로 가리키며 눈물을 흘렸어요
"누가 우리 아가를 땟지 했어?"
"응, 응"
"아이구 우리 아기를 누가 때렸구나? 할머니가 내일 뗏찌 해줄게, 어부바."
그제야 업히며 얼굴을 할머니 등에 기댔어요
아기는 며칠 동안 겪었을 체험을 몸으로 눈물로 소리로 말했어요
꼬까, 맘마, 까까, 찌찌, 땟찌, 지지, 어부바…
이 중에 아기는 땟지를 제일 무서워하고
어부바를 가장 좋아해요

초딩과 초등할머니

이젠 아기가 아니에요
초등학교에 입학하잖아요
넘어질 듯 걷던 걸음도 이젠
할머니가 따라갈 수가 없어요
"빠빨리 와, 할머니는 느림보 거북이"
"너 늙어봤니? 난 어려 봤다"
"그게 뭔 소리야?"
"너도 할머니 되면 알아 드은지!"

할머니 휴대폰 사진을 넘겨보더니
"할머니 옷 샀구나? 좀 보여 줘"
"우와 예쁘다, 할머니 죽으면 내가 입어야지."
"잠도 못 자고 키워놨더니 뭐라는 거야?"
남들에게 들었다면 그냥 못 지나갈 소리
그래도
얼굴만 봐도 가슴이 환해지는
초딩

제일 아름다운 이름, 할머니

처음엔 아기였다가
어린이였다가 ……
내 이름이 없어져 버린 뒤 얻은
엄마라는 이름
엄마, 듣기만 해도 촉수가 곤두서는 이름
더 이상 아름다운 이름은 없을 거야

밖에 나갔더니 나를
아줌마라고 부르네
얼굴이 달라도 본래의 이름이 더 예뻐도
무조건 똑같이 부르는 거야
억척스런 사람의 대명사 같은 이름
그래서 싫었어

아들이 딸을 낳았어
일 년이 지나더니 나를 할머니라고 부르네?
그런데 나보다 나이 들어 보이는 어린이집 선생이
나보고 할머니래 최악이었어 따지고 싶은 걸 억지로 참았어
손녀를 위해서

아기보기가 끝났어
속이 시원해야 하잖아?
그런데 손녀가 걱정되고

자꾸 보고 싶어지는 건 무슨 조화야
어느 날 그리움을 못 참고 찾아갔어
아무도 없는 집에서 그냥 오두마니 기다렸지

해질 무렵 현관문이 열리고 손녀가 막 뛰어와서 내게 안겼어
할머니! 보고 싶었어 왜 이제 왔어? 흑흑, 엉엉…
할머니 우리 집에 와서 같이 살자

할머니,
이 말이 이토록 내 가슴을 저릿하게 울리다니!
그렇게 듣기 싫던 '할머니'라는 이름이
이제 보니 그 할머니라는 이름이
세상에서 가장 아름다운 이름이었어

신라에 온 페르시아왕자

-쿠쉬나메 서사시 중에서, 신라편

옛날 옛날에, 금이 많은 나라 신라에
페르시아왕자 아브틴이 왔어요
아브틴은 페르시아의 고도, 페르세폴리스에서
신라로 망명했어요
그때 서라벌 사람들은 풍요롭게 살고 있었어요
아름다운 나라 신라에는, 서른 명이나 되는 공주들이 있었어요
어느 날 아브틴 왕자와 마주친, 아름다운 공주가 있었는데
그녀의 이름은 프라랑이었어요
공주의 아름다운 모습에, 아브틴은
프라랑 공주를 사랑하게 되었어요
왕자는 공주에게, 페르시아고양이를 선물했어요
털이 길고 하얀 페르시아고양이는 아주 예뻤어요
페르시아고양이는 어느 새, 공주의 사랑을 독차지 했어요
아브틴 왕자는, 공주와 결혼하고 싶었어요

하지만 신라왕 타이후르는, 이방인과의 결혼을 달가워하지 않았어요
신라왕은 문제를 내서 맞히면, 공주와의 결혼을 허락하겠다고 말했어요
왕은 서른 명의 공주중에서, 눈을 가리고, 파라랑 공주를 찾아낸다면
결혼을 허락한다고 말했어요
서른 명이나 되는 공주중에서 눈을 가리고 파라랑 공주를 찾아내야 하는 날
왕자는 눈을 가린 채, 공주들이 입은 옷자락을 만져 보았어요
그 중에서 고양이털이 묻어있는 공주를 선택했어요
오! 그런데, 그녀가 바로 프라랑 공주였어요
신라왕은 약속대로 결혼을 허락 했어요
그 후, 아브틴 왕자와 프라랑 공주는, 페르시아로 돌아갔어요
그리고 얼마 후, 왕자와 공주의 아들, 페레이둔이 태어났어요
페르시아로 돌아온 아브틴은, 잃어버린 나라를 되찾으려고 했어요
하지만, 못다 이룬 수복의 꿈
훗날, 아브틴의 아들 페레이둔이, 대를 이어
아랍을 물리치고, 페르시아를 되찾았어요
아브틴과 프라랑의 아들 페레이둔은
지금의 이란이 있게 한, 영웅이 되었답니다

거지 중팔이 황제가 된 옛날 이야기

옛날 옛날에, 중팔이라는 아이가 살고 있었어.

중팔이란 이름은 아버지와 어머니의 나이를 합치면 88, 중복으로 8이 있다고 중팔이라고 불렀대. 중팔이는 17살에 전염병으로 부모를 모두 잃었어.

그래서 배고픔을 해결하려고, 황각사라는 절에 들어가 탁발승을 했어. 그 당시 탁발승은 거지의 다른 말이라고 봐도 돼. 그리고 처음으로 고빈이라는 스님에게 글도 배웠어. 그러나 반란군이 황각사를 불태우는 바람에 또 다시 집을 잃었어. 친구의 권유로 곽자흥이 이끄는 홍건적에 들어가기로 했어.

홍건적의 두목인 곽자흥은 손덕애와 연합하여 한족농민반란을 일으켰어. 농민 수만 명이 이에 호응을 해서 첫 전투에서 승리를 거두었지.

중팔이 처음에는 병졸이었지만, 공훈을 세우면서 2인자의 자리까지 올라갔어.

그리고 곽자흥의 양녀 마씨와 결혼하며 그의 사위가 되었어.

그때부터 중팔은 곽자흥 부대에서 주공자라는 칭호를 얻으며 이름도 아예 원장으로 고쳐서 주원장으로 불렸어.

주원장은 명나라를 세우고 황제가 되었어.

명태조는 전통적인 중국의 문화를 부흥시킨 왕조였지.

주원장의 아내 마씨의 이름은 수영이었어. 수영은 나중에 중국사 최고의 국모로 꼽

히는 여인 중의 한 사람이 되었단다.

어느 날 아내의 외모를 불만스럽게 생각한 주원장이

"당신은 발이 왜 그렇게 크오?"

하고 물었어. 마황후는 대뜸

"그러는 당신도 추남이니 그냥 사세요."

라고 해서 다시는 그런 말을 꺼내지 못했다는, 아주 줏대 있고 당당한 여인이었어. 주원장이 잘못 할 때는 브레이크를 걸어 말릴 사람은 마왕후 뿐이었어. 그러나 마황후가 세상을 떠난 뒤에는, 주원장이 잘못을 해도 아무도 말릴 사람이 없었어.

주원장은 명나라를 건국한 직후에 20만 대군을 이끌고 베이징에 입성하자, 원 순제는 대도를 버리고, 북원을 건국하였고, 만리장성 이남은 명나라에 의해 통일이 되었지.

그러나 278년 만에 청나라에 의해 망하고 말았단다.

명나라도 망하고 청나라도 망한 뒤, 지금 그 땅은 중국이라고 부르지. 외국에서는 차이나라고 불러. 차이나China는 支那에서 유래되었다고 하고 지나는 진나라의 진에서 따온 말이기도 해.

한족은 원나라에 의해 수백 년간 지배당했고, 만주족인 금나라, 청나라에 의해서도 이백 수십 년 지배당했는데, 지금의 중국은 자기네 땅을 거쳐 간 이민족이 세운 나라도, 그냥 모두 중국이라고 부르고 있단다.

최지후 11/15

2020년 11월 15일
손수제작

최우성

각 작품의 글쓴이

제1부

제2부

제3부

제4부

(할머니)께 드리는 새해 인사

할머니, 저 예나예요♡ 할머니 생일때

강아지 키우기로 했잖아요. 그래서 내가 할머니꺼

20만원을 줄려고요. 그러니까 꼭 귀여운

강아지 키워요♡♡ 새 복 많이 받으세요! —예나가

2018
12.27-목

2019년
(할머니)께
드리는
복주머니

기쁨

장수

행복

건강

다름시선 002
김세희 동시집
나무에 걸린 말풍선

지은이 김세희
펴낸이 김은중
펴낸곳 다름북스
디자인 배소영

1판 1쇄 2023년 6월 30일

출판신고번호 제2021-000252호
전화 070 7893 1328
블로그 blog.naver.com/dareums
전자우편 dareums@naver.com

ISBN 979-11-975963-9-1 (03810)
ⓒ김세희, 2023